句集

切絵の森

伊藤式郎

文學の森

序

鈴木　節子

この句集『切絵の森』は、伊藤式郎さんの第二句集である。

　酔ひ痴れてなほ教師たり花の下

　後ろ手は教師の性か鳥渡る

掲句は、第一句集『畳の蟻』の比較的はじめの頁にある。小学校、中学校、高校と、定年まで教師を勤めていた。奥三河に生まれ育ち、八十余年この土地に生きて地元の教育者として生活して来られた。もの静かな実直なお人柄は見事といえる。第一句集には、教師俳句なるものは数々あるが、この句集には余り見当らない。お酒をよく嗜むようでお酒の句が多くある。

キャリア十分な作品である。

辛口がよろし新酒も師の評も
古酒酌みて一病息災御同慶
熱燗の果ては壺中の小天地

ただお酒を呑むだけではない。一句ずつのその折の思いがしっかり籠っている。俳句というものを良く理解している人であることが読者に伝わってくるであろう。

年金の身幅で暮し古酒に酔ふ
杣小屋に空の酒壜今日も雪
温め酒こころの澱を洗ひたり
新酒酌むいい人どこかもの足らず

一句目、退職後の年金を〈身幅で暮し〉の措辞で、巧くよくぞ納めたと思う。二句目、雪つづきの杣小屋の暮し、誰も居ないが空の酒壜を目に止めた。杣人の生活の匂がまだ残っていたこと、その侘しさ。三句目、四句目、お酒の気分も折によって、〈澱を洗ひたり〉、友人などの少々の不満気な心も言い止めている。お酒というものは、面白くその時の心情が表現出来るものなのである。

私はこの作者と十年位お逢いしてない。大会などの宴席でお酌したかどうかも覚えていないが、埼玉県秩父の名勝地、長瀞の同人研修会の折のことはなぜか鮮明に覚えている。何とも穏やかな、にこにことしていられたことを思い出す。其の後、あとがきにあるようにご子息の大きな病、大変な親としてきびしい日々がある。そしてご自身も病むと知る。

次男、脳腫瘍手術

吹雪く夜の主治医の告知さりげなく
再手術医師淡々と説きて初夏
脳深くメス入るる日や明易し
昏睡の子の爪を切る梅雨深し
無呼吸の子のふつと息秋深し

親として、存分な愛情のにじみ出る作品が次々と発表されている。〈昏睡の子の爪を切る〉にひたすらな祈りの心で他のことは考えず指一本ずつ見つめ爪を切る。その動作が私には、実によく見えて来る。無呼吸の子の洩らす息に一寸ほど安堵。心苦しくなる思いだ。

病床の子の靴磨くお元日
三たびの夏病む子の足裏柔らかし
介護疲れ明日を信じ冷し酒
子は危篤夜道に出逢ふ猪親子
春宵や病む子の耳の起きてゐる
転院を繰り返す子に朝の虹

どうしても通り過ぎ出来ぬ句群、親としての責務は毎日この子のため介護に尽されている。親なればこその必死なこれ以上のない介護である。長病みの子の足裏に触れ、冷し酒にて心を癒す。危篤の知らせに走り出る夜道、出逢った猪親子。この「猪親子」の季語は絶妙に効いている。〈病む子の耳の起きてゐる〉、心痛きわまりなく伝わる。この子の傍では何も言ってはいけない、しっかり神経を尖らせているこの子なのだ、と。

蓑虫は泣き尽くし声失ふや

絶唱の一句だ。何かを付け足して言う必要のない作で、介護の果の、これ以上のない思いを凝縮して表現された名品だ。

さてここで妻を詠まれた数句を掲げたい。

福笑ひ妻は少しく膝崩し
だんまりの妻の主張やアマリリス
綿虫の乱舞の夕べ妻の鬱
風邪熱の妻の掌を置くマタイ伝

妻を詠まれたこの四句を抽出出来た。夫から見た妻の角度。生活の中の一齣と思うが、少しく安らぎを覚える。〈福笑ひ〉にみる艶っぽさ、〈妻の主張〉それはあるであろうがアマリリスの効果。風邪の妻とマタイ伝、妻はクリスチャン？　式郎さんの眼は視点は、確実に効いているのだと思った。

さて明るくいい発想に思わず頷いた佳句が沢山あるので列記する。

足出でし蜊蚪は歓喜の漣す

孫の咎むおならもよけれ月の宵

堂々の乳房会釈す花の下

兜煮の目玉に視られ稲光り

渾身の色噴き出せり曼珠沙華

啞蟬の冤罪負うて生れきしか

街灯下嘘付くための大マスク

蛞蝓動かぬは今充電中

こうした俳諧味の句も沢山作られている。中でも〈孫の咎むおなら〉〈堂々の乳房〉の大胆な作、〈啞蟬の冤罪〉〈嘘付くための大マスク〉など至極好感度の高い作品である。多分誰も認めることであろう。最後になったがご子息さんの快方を心から祈っている。又ご自身も新たな心境の作品に走って欲しい。

鈴木鷹夫が第一句集に次のよう締め括っているので記して置きたい。

「ところで著者伊藤式郎さんが、この句集で、やれやれ目的は達したと一息ついてしまうのか、この『畳の蟻』に自ら刺激を受けて、新たな挑戦を試みるのか、静かに見守りたいと思っている」と記されている。

この第二句集に挑戦したことを遺影に報告して置きたいと私は秘かに思っているが、すでに遺影の鷹夫は知っているであろう。出来上ったとき改めて報告しよう。

句集名の依頼は少々考えた末『切絵の森』に決めた。当人式郎さんに喜んで頂けたことが嬉しい。三河の山々の寒満月に映し出される美しい夜の景が、想像出来るこの一句より選ばせて頂いた句集名である。

寒満月切絵の森となりにけり　式郎

平成二十七年九月十三日　虫しげき夜

句集　切絵の森　目次

装丁　巖谷純介

句集

切絵の森

きりえのもり

福達磨

平成十七年〜平成十八年

秋寂ぶと誰にともなくつぶやけり
辛口がよろし新酒も師の評も

15　福達磨

異国語の案内板や菊日和

不穏孕み傾ぐ地球儀冬の蠅

せせらぎは村の語部雪螢

冬霧や蟷螂の屍の雫せり

病名に加齢性とは柚子湯の香

初神籤吉と出でしが何もなし

沈黙の二人のあはひ炭火跳《は》ぬ

初蝶に歩幅を合はせ疲れたり

初鶯の声引き寄せる望遠鏡

黄砂降る脳のいささか錆びにけり

鳥雲に遥かな農夫光り合ふ

事変とは戦争のこと霾《つちふ》れり

21　福達磨

雛遊び影絵の狐鳴きにけり

鳶と鴉あはひに殺気信長忌

雨に濡れ踊子草は鬱のいろ
草登り詰めたる天道虫どうする

 福達磨

舟漕ぐは水軍の裔《すゑ》花菖蒲

蛇消えて伏流の音残りけり

梅雨の猫客の気配に部屋を出づ

赤信号に照らし出されし雨の蔓

25　福達磨

内池に来る山棟蛇《やまかがし》顔馴染

省略の過ぎたるは不可仏法僧

栄転と言へども別れ秋燕
芙蓉咲く裏が玄関なんでも屋

27　福達磨

台風一過昨日のままの鍬と籠

新走り杜氏は近江びとの裔

子の喃《なん》語《ご》母も喃語や新松子
枝豆や父似母似と騒ぎをり

蛇穴に清めの塩をどかと置く

水引草野にあれば紅毅然たり

マドンナもヒロインも老ゆ村芝居

病棟をふはふはと行く秋扇

穂芒やこころ渇けばただ歩む

雪籠り鯣《するめ》の味を嚙みほぐす

毛糸編む指たをやかやや子は母似

能書の盛り沢山な風邪薬

甘酒や認知症にもある媚態

福笑ひ妻は少しく膝崩し

福達磨包み風呂敷立ち上がる

縁側に急須湯呑や日向猫

屠る猪見て死ぬことの怖くなる

寄せ鍋の山小屋流の粗刻み

漱石の全集褪せぬ春の猫

春筍の潜める土の息づかひ

37　福達磨

田起しの無器用を呵《か》々《か》朝鴉

雪解けの滝に序破急ありにけり

蝌蚪の紐曙光に融けてしまひさう

古書店に一書を得たり花に雨

捌く鶏の臓腑のぬくき穀雨かな

足出でし蝌蚪は歓喜の漣す

放つ鮎はや流速に乗りにけり

飾り武者の太刀落したる不安かな

41　福達磨

だんまりの妻の主張やアマリリス

明易のコンビニにある睡たき灯

夏蕨孤独死てふをふと思ふ

失言を包むにハンカチ薄過ぎる

緑陰に乳房ふふませ聖母めく

葭切に話の腰を折られけり

砂風呂や雑念汗と噴き出しぬ

山を背に百の螢火浄土かな

福達磨

飛込台の子は渾身の武者震ひ

湖すがし交む蜻蛉の擦過音

瞬くは睦言ならむ星迎へ
葛の花散りて流離を憧るる

　福達磨

台風の洋上散歩遅々として

花岬

平成十九年～平成二十年

初紅葉屋根に石置く辻祠

小止みなく水車秋光零しをり

師の文の墨の滲みも秋思かな

下り簗名残惜しみて火を焚けり

秋夕焼刻錆びつきし城下町

孫の咎むおならもよけれ月の宵

古酒酌みて一病息災御同慶

百姓はお天気次第猪次第

同意書に署名す雪のダムサイト

冬鵙の眦きつくなりにけり

寒満月切絵の森となりにけり

熱燗の果ては壺中の小天地

冬菜洗ふ生絹《すずし》の水を溢れさせ

結びには合掌とある寒見舞

寒雷の渓谷の闇真つ二つ

木々芽吹く兄と二人の秘密基地

晩鐘に虔《つつし》みて佇つ畑打ち女

若菜集の行間に春溢れ出す

風神の笑ひの渦や春岬

誰彼に声を掛けたき合格子

水揺るは蝌蚪のひそひそ話かな

生一本な教師と言はれ新学期

北斎の濤かぶりたり花岬

七人の敵とは味方花見酒

花の風つむじとなりて大手門

堂々の乳房会釈す花の下

目借時祝辞に前置きなどいらぬ

茄子植ゑて雀の涙ほどの雨

早起きは百姓の血よ遠郭公

饒舌のあとの静寂《しじま》や蝸牛

石仏の豊頬福耳遠郭公

兜虫小突いて地力目覚めさす

桑の実嚙む狩猟の民の心もて

野菜畑真裸の子の駆け抜くる

マルクスもカントも遥か大昼寝

眠る子に涙の残る遠花火

全力で走る菜虫を激励す
聞き上手忘れ上手の生身魂

踊り果て仰げば北斗したたれり

急流のしぶきのかかる葛の花

猪食うて饒舌になる傘寿翁

真葛咲く昔男の下りし径

年金の身幅で暮し古酒に酔ふ
横たへし案山子ことりと身じろぎぬ

風紋の翳りに秋の波ひびく

茸山不意の爆竹猿おどし

身じろがぬ梟王者の風姿あり

絵手紙の大根の重み掌に伝ふ

参道の塵と掃かるる冬の蜂

冬雲に竜隠れしか日本海

綿虫の乱舞の夕べ妻の鬱

杣小屋に空の酒壜今日も雪

閉校との予告の母校雪降り積む

揚雲雀鎌砥ぐ時代遅れかな

群れ逸れて沈みゆく蝌蚪自閉症

春満月ことりと音す子牛小屋

春の小川笹舟急ぐな急ぐなよ

天井の墜ちし炭窯蕗の薹

野蒜和へ大仰に褒む大阪弁

春雲に魚のにほひの掌を浄む

蟬の羽化子は学校へ一直線

梢まで倦まずに登れ蝸牛

穀象虫みんな出て来て日を浴びよ

有耶無耶な旧家の系譜蔦茂る

河鹿谷宵の霊気の上りくる

是々非々を信条として梅を干す

入道雲眩しおのれの無一物

兜煮の目玉に視られ稲光り

山霧に繭籠るごと行者佇つ

杣人の得意のとろろ汁なりし

太古の火色

平成二十一年〜平成二十二年

猪を吊り先づ呑み回す茶碗酒

名月や寺の址とは石一つ

渾身の色噴き出せり曼珠沙華

月出でて湖のたましひ目覚めたり

温め酒こころの澱《おり》を洗ひたり

菊人形泣き叫ぶ顔してをりぬ

人形のまばたき不気味そぞろ寒

茸狩風のにほひに目を凝らす

星のこゑ降りて芝生の露となる

菊括りざつくばらんの暮しかな

神の留守男料理のアルデンテ

冬の寺一石一樹歴史あり

散る紅葉思惟深めゐる樹下の椅子

点滴や歳末一歩づつ来たる

風邪熱の妻の掌を置くマタイ伝

雑木林音それぞれの霜雫

寒雷や上目づかひは病む眼なり

次男、脳腫瘍手術

吹雪く夜の主治医の告知さりげなく

病棟に賀詞を交はして名は知らず

雲一刷け鳶の一羽や大旦

世界にはテロと海賊土竜打ち

舟人を影絵となせり春の湖

春雪や淵に来て水蒼ざめる

したたかの恋猫ならむ舌舐り

次男、再手術

再手術医師淡々と説きて初夏

脳深くメス入るる日や明易し

昏睡の子の爪を切る梅雨深し

風薫る看取るとはただ眺むこと

茸《きのこ》榾《ほた》朽ちてにほへり梅雨深し

木洩れ日の変幻自在大南風

孑孑《ぼうふら》の屈伸機敏歓喜かも

青蔦を鎧ふ工場休業中

がちやがちやに囃されてゐて鬱疼く

威を張るに疲れの見ゆる夕案山子

この山の正面はここ夕紅葉

敬老日痩軀の男よくしやべる

無呼吸の子のふつと息秋深し

点滴の滴々冬の刻流る

独り笑むは狂ふに似たりおでん酒

生年を西暦で言ふ賀客かな

病床の子の靴磨くお元日

街灯下嘘付くための大マスク

陽炎や耳朶ふくよかな尼僧かな

春の猫雨のにほひを持ち帰る

梅の香や忘れしことを忘れをり

老人に叱られてゐる春の猫

三猿は老いの戒め梨の花

椎の花山は歓喜を噴き上げる

今日のこと素直に容れて蝸牛

夕焼雲に太古の火色ありにけり

大津絵の鬼の目やさし羽抜鶏

燕孵ると声を殺して告げにけり

三たびの夏病む子の足裏柔らかし

唖蟬の冤罪負うて生れきしか

さざ波は雑魚《ざこ》の合唱今朝の秋

毒舌とは真意のことよ轡虫

猟名残

平成二十三年～平成二十四年

秋暑し金太郎飴顔歪む

新酒酌むいい人どこかもの足らず

飛べば光り止まれば影の秋茜

村人は老いたり山の猪垣も

親子して宇宙を語る無月かな

狐跳んで天平の声放ちけり

林業は誤算でありし去年今年

猟名残まづ心経をたてまつる

鯉ゆらり春気漂ふ水となる

虎杖を嚙めばしみじみ少年期

春雪の谺は谷に収まれり

半眼は至福の相よ内裏雛

植ゑ終へて棚田に深く一礼す

松蟬の鳴き出し耳の痒くなる

言訳は男の恥ぞ今年竹

円卓に上座下座や新茶酌む

蛞蝓動かぬは今充電中

実梅採るわれに甚六といふ自覚

ユニホーム叩き干したる梅雨晴間
程々の情こそよけれ団扇風

守宮《やもり》這ふ世渡りの術身に付かず

次男、自宅介護二年目

介護疲れ明日を信じ冷し酒

うらなりの瓜にも曲がる力あり
蜻蛉とは文字美しき翔《と》ぶさまも

秋の夜や民話のをんな皆聡し

力抜く芒は風に従へり

狭霧流れ戦国の世を遠くする

裏木戸を閉める音して風は秋

枯るるとは眠るに似たり夕芒

蓑虫は泣き尽くし声失ふや

捨てかぬる螺子の緩みし脱穀機

錆浮きし鎌の捨てある霜の畦

風花や兎の耳の血色美し

老杉の亭々の山深眠り

マスクして噂の主の来たりけり

頭《とう》蓋《がい》の縫目痒しと雪降る夜

春宵や病む子の耳の起きてゐる

鶯の声仏性に近づけり

沈丁花むかし湯殿はほの暗し

入社式湯呑に受くる祝酒

黄砂降る話題はいまも原子の火

霊峰は宙に浮くもの春霞

薄墨の和紙を滲ます朧かな

眼を病みてなすことのなき日永かな

妻不機嫌浅蜊は砂を吐いてをり

頭から目刺を食《くら》ひ傘寿なり

蕨採る始終地蔵の視野にゐて

蕨狩気息の距離に夫婦あり

呼ぶ声の遠きに日傘揚げ応ふ

風薫る車椅子にて床屋まで

安穏と結界ありぬ蟻地獄

螽蟖《きりぎりす》相聞といふ熱きもの

癇癪をゆつくり宥む秋風鈴

通夜の座の丸めて小さし絹マフラー

忘れ上手

平成二十五年〜平成二十六年

可憐なる花をぬすびと萩といふ

秋祭臍をのぞかせ踊りけり

コスモスの静かな雨の中にあり
品書のかすれてゆかし柚子料理

橅落葉木曾天竜の分水嶺

次男、勧められて施設入所

子は危篤夜道に出逢ふ猪親子

竜の玉忘れ上手のわれは祖父

霜雫屋号で呼ばふ宿場町

点滴を子は引きずり来寒さかな

読初や万葉秀歌力あり

真紅とてどこかが冥し藪椿

故郷に更地の増ゆる花なづな

落花しきり校歌三番以下省略

晩酌はゆつくりがよし蕨和へ

蛤を好きとは言はぬ臍曲り

春泥や子供の嘘のあつけらかん

種蒔きの風を読みゐる老農夫

金魚玉平凡がよし世も人も

生きるとは硬き鮑を嚙むごとし

競泳の賞に手刀切る少年

居酒屋の昼を灯せり走り梅雨

山鉾の木偶は大仰袖で泣く

独り酒に間合ひよろしき遠花火

事なきは宜しきことよ秋立ちぬ

朝顔の開く余力に裂けてをり

台風予報要の一語聞き漏らす

ダム底になる社かな昼の虫

天井から土間まで秋の小間物屋

月清《さや》か行かねばならぬ所あり

松茸や箝口令と言ふがあり

茶の花や喉に収めし忌み言葉

庭隅に狸葬りて石を置く

水つ洟負けず嫌ひを通しけり

冬紅葉散る敗者にも勝者にも

また元の話に戻る炉火明り
解かざるは思索のつづき懐手

強東風や田に立つ人の影撓る

百姓は生涯現役春田打つ

日帰りの旅にも持薬冴え返る

この道は昔花街馬酔木咲く

教へ子も還暦母校の梅談議

昼までは眠たき色の梅の里

虚子季寄せほつれ繕ふ春の宵

虚子の忌や色褪せてゐる蔵書印

独酌も良し独活《うど》の香を噛みしむる

啄木忌僻地教師に誇りあり

雑草に仏の座とは烏滸がまし

菖蒲湯や子どもの夢の限りなく

三世代揃ひビールの林立す

松蟬の魂透ける如く啼く

悼　岩崎喜美子様

唐突に螢火となる喜美子かな

夏蝶や生徒明るく叱らるる

草毟り立つ時いのち軋みたり

若葉濃し友の柩に手を添へて

転院を繰り返す子に朝の虹

やあと来てぢやあと去りたる夕端居

句集　切絵の森　畢

あとがき

第一句集『畳の蟻』を出版してから、丁度十年。その間、世界の戦乱は果てしなく続き、日本も大震災・原発問題・さらに少子高齢化・自衛問題など不安要素が増えています。

私もこれから、この奥三河で、晴耕雨読・悠々自適の生活の中で「俳句」を作ろうと思っていましたが、黄斑変性症と診断され、治療の結果、やっと左眼の失明は免れました。

また、次男も平成二十年「頭蓋咽頭腫」の手術をしました。が出血が残り翌日「左前頭葉」を切除し、さらに半年後までに三度の手術をしました。だが思うように治らず、病院・施設を転々とし、一年後には自宅介護を余儀なくされました。でも三年後には杖をついて歩けるほどに回復しました。しかし平成二十五年「施設で半年もリハビリをしたら社会復帰も可能」と言われ喜んで入所したところ、一年間に四度も重篤状態になり、入退院・転院を繰り返し、遂にベッドに寝たきり、胃瘻からの栄養補給となりました（現在は少しの経口の食事はできます）。

私も傘寿も過ぎ、句会・吟行にも行けず、全く沈滞気味で拙句ばかりで恥ずかしい限りですが、「生きてきた証」として句集に纏める気になりました。特に「門」の鈴木鷹夫前主宰・岩崎喜美子前東海支部長の急逝にあい、老い先短いことを実感しました。

これを機に最期の気力を奮い立たせ俳句に対したいと思います。よろしく御鞭撻下さい。

今回の出版に際して、「門」の鈴木節子主宰には御多忙の中、選句や句集名の決定、序文まで頂戴し、出版社との交渉、編集全般にいろいろ懇切な御指示を賜り有難く感謝いたしております。また「沖」の能村研三主宰にも出版のお許しと御助言を頂き有難うございました。

その他、「門」「沖」の皆さんには温かい御支援を賜り感謝いたしております。また、「文學の森」の皆さんの丁寧な御助力有難うございました。

最後に、家内にも陰に陽に協力してもらったことを感謝しております。

平成二十七年九月

伊藤　式郎

著者略歴

伊藤式郎（いとう・しきお）

1931年（昭和６）３月	愛知県新城市海老に生まる	
1970年（昭和45）10月	「沖」入会	
1987年（昭和62）１月	「門」入会	
1996年（平成８）１月	「門」北門集同人	
2002年（平成14）	俳人協会会員	
2005年（平成17）９月	句集『畳の蟻』上梓	
2006年（平成18）１月	同句集により	第11回「門」同人賞受賞
３月	〃	第16回豊橋ちぎり文学賞受賞
10月	〃	第３回文學の森大賞佳作受賞
2007年（平成19）１月	「門」門燈集同人	

現住所　〒441-1943　愛知県新城市海老字丁塚82-2
電　話　0536-35-0226

句集　切絵《きりえ》の森《もり》

発　行　平成二十七年十二月七日
著　者　伊藤式郎
発行者　大山基利
発行所　株式会社　文學の森
〒一六九-〇〇七五
東京都新宿区高田馬場二-一-二　田島ビル八階
tel 03-5292-9188　fax 03-5292-9199
e-mail mori@bungak.com
ホームページ http://www.bungak.com
印刷・製本　潮　貞男

ISBN978-4-86438-482-7 C0092
落丁・乱丁本はお取替えいたします。